Vente après décès de M. F...

BEAUX BIJOUX

PERLES ET PIERRES SUR PAPIER

SERVICE D'ARGENTERIE

CATALOGUE

DES

BEAUX BIJOUX

Broches, Bracelets, Bagues, Boucles d'oreilles
Boutons de Chemises et de Manchettes
Épingles

MONTÉS DE

**BRILLANTS, PERLES, RUBIS, ÉMERAUDES, SAPHIRS
ET TURQUOISES**

DEUX RANGS DE PERLES

CHATELAINES, CHAINES DE MONTRES

PERLES & PIERRES SUR PAPIER

SERVICE D'ARGENTERIE

DONT LA VENTE APRÈS DÉCÈS DE M. F... AURA LIEU

HOTEL DROUOT, SALLE N° 8
LES VENDREDI 28 ET SAMEDI 29 AVRIL 1911
à deux heures

COMMISSAIRE-PRISEUR	EXPERT
Me F. LAIR-DUBREUIL	**M. G. FALKENBERG**
6, rue Favart	6, rue Lafayette

EXPOSITIONS

PARTICULIÈRE : *Le Mercredi 26 Avril 1911.* } DE 1 HEURE 1/2
PUBLIQUE : *Le Jeudi 27 Avril 1911. . . .* } A 6 HEURES

CONDITIONS DE LA VENTE

Elle sera faite au comptant.

Les adjudicataires paieront *dix pour cent* en sus des enchères,
L'exposition mettant le public à même de se rendre compte de l'état
et de la nature des objets, aucune réclamation ne sera admise une
fois l'adjudication prononcée.

Paris. — Imp. de l'Art, Ch. Berger, 41, rue de la Victoire

DÉSIGNATION

1 — Broche, formée d'un gros brillant jaune entouré de dix chatons montés de brillants.

2 — Broche, formée de trois croissants apposés avec une palmette au centre de chacun, le tout enrichi de brillants et de trois perles.

3 — Broche, formée de trois brillants accompagnés d'un cercle et d'ornements festons et guipure sertis de brillants et de roses.

4 — Broche, formée d'ornements en brillants et perles. Au centre, une perle.

5 — Broche barrette, formée d'une perle grise entre deux brillants. A chaque extrémité, un trèfle en perles noires d'où s'échappe une draperie faite de chatons brillants ; pendeloque perle poire grise.

6 — Broche rosace en brillants, ornée au centre d'un brillant et à l'extérieur de trois perles et de trois brillants.

7 — Broche, représentant une étoile pavée de brillants et de roses. Au centre, un brillant.

8 — Broche, représentant une libellule en émail translucide enrichie de brillants jaunes et blancs.

9 — Broche en or émaillé, ornée d'un brillant et de roses.

10 — Broche, formée de trois cercles entrelacés dont deux en brillants et le troisième en rubis.

11 — Broche croissant brillants et roses.

12 — Broche nœud, brillants et roses.

13 — Broche fer à cheval, saphirs et roses.

14 — Broche fer à cheval, formée d'un rang en roses entre deux rangs de perles.

15 — Broche, représentant une fleur et son feuillage pavés de roses. Au centre de la fleur, un brillant.

16 — Broche, représentant une branche avec ses fleurs et fruits, enrichie de perles roses, de brillants et de roses.

17 — Broche rosace, saphirs et roses.

18 — Broche-barrette or et perles ; et une broche couronne.

19 — Deux broches camées ; l'une est entourée d'un rang de demi-perles, et l'autre d'un rang de roses et de six perles.

20 — Trois broches en or : l'une formée d'une minia-
ture, la seconde d'attributs de chasse et la troisième de forme losange ornée de turquoises et de
roses.

21 — Deux broches en or ciselé, enrichies : l'une, d'un
saphir, de brillants et de roses, l'autre de rubis et de
brillants.

22 — Paire de boucles d'oreilles, brillants solitaires.

23 — Paire de boucles d'oreilles, brillants solitaires.

24 — Paire de boucles d'oreilles, brillants solitaires.

25 — Paire de boucles d'oreilles, perles de Panama.

26 — Paire de boucles d'oreilles, saphirs entourés d'un
rang de brillants.

27 — Paire de boucles d'oreilles, rubis entourés d'un
rang de brillants.

28 — Bague, formée d'une perle entourée d'un rang de
brillants.

29 — Bague, formée d'une perle entourée d'un rang de
brillants.

30 — Bague, perle entourée d'un rang de brillants.

31 — Bague, brillant jaune entouré d'un rang de brillants.

*

32 — Bague, perle noire entre deux brillants.

33 — Bague, brillant solitaire ; brillants sur le corps.

34 — Bague croisée, formée d'un brillant jaune et d'un blanc. Brillants sur le corps.

35 — Bague croisée, un brillant et une perle. Brillants sur le corps.

36 — Bague croisée, rubis et brillant. Brillants sur le corps.

37 — Bague croisée, saphir et brillant. Brillants sur le corps.

38 — Bague-rivière formée d'un rubis entre deux brillants.

39 — Bague-rivière, brillant de fantaisie entre deux brillants.

40 — Bague, formée d'une perle entourée d'un rang de brillants.

41 — Bague, perle rose entourée d'un rang de brillants.

42 — Deux bagues, brillant entouré d'un rang de brillants.

43 — Bague diadème émeraude, brillants, rubis.

44 — Bague diadème, rubis, brillants, émeraude.

45 — Deux bagues diadèmes, perles et brillants.

46 — Trois bagues, brillants solitaires ; brillants sur le corps.

47 — Une bague, perle.

48 — Deux montures serties de brillants.

49 — Bracelet-rivière, formé de trente-sept chatons sertis de brillants.

50 — Bracelet rigide en or, pavé de brillants sur la partie supérieure et enrichi d'un brillant au centre.

51 — Bracelet, formé d'anneaux sertis de roses et enrichi d'un motif formé d'un brillant entouré de brillants.

52 — Bracelet souple, formé de trente-neuf chatons en brillants accompagnés d'ornements festonnés sertis de roses.

53 — Bracelet, formé de quinze motifs enrichis de brillants et de roses.

54 — Bracelet rigide en or, enrichi d'un motif formé d'une turquoise entourée de brillants.

55 — Bracelet-serpent en or, dont la tête est enrichie d'un saphir entouré d'un rang de brillants.

56 — Bracelet-gourmette enrichi de dix-huit chatons, rubis et brillants.

57 — Bracelet-gourmette en or, orné de quatre saphir
et de quatre brillants.

58 — Bracelet-gourmette en or, enfilé de huit perles

59 — Bracelet, formé de huit rosaces en perles séparée
par des chatons saphirs.

60 — Bracelet, composé de cinq rangs de petites perles
retenues par cinq barrettes en or montées d'un saphir. Fermoir roses.

61 — Bracelet souple en or, enrichi d'un motif de bril
lants et roses,

62 — Bracelet souple en or.

63 — Deux bracelets en or ciselé.

64 — Trois rangs de cent cinquante-cinq perles fines
terminés par deux motifs, en forme d'agrafe, sertis
de brillants et de roses.

65 — Deux boutons de chemise, perles.

66 — Trois boutons de chemise, perles

67 — Fermoir, perle entourée de brillants.

68 — Épingle de cravate, perle poire, calotte roses.

69 — Épingle de cravate, perle ronde.

70 — Épingle de cravate, perle poire.

71 — Épingle de cravate, saphir entouré de brillants.

72 — Deux épingles de cravate fer à cheval en or. Saphirs, rubis et brillants.

73 — Épingle de cravate, camée.

74 — Épingle à chapeau en or, enrichie de roses.

75 — Deux épingles de dentelle en brillants.

76 — Quatre petites épingles, perles.

77 — Paire de boutons de manchettes en or, brillants et
saphirs.

78 — Paire de boutons de manchettes en or ciselé.

79 — Trois paires de boutons de manchettes en jaspe et
onyx. Au centre, des boutons onyx, un brillant.

80 — Trois chaînes de montre en or.

81 — Châtelaine et montre en or ciselé.

82 — Deux épingles à cheveux en or et perles.

PIERRES SUR PAPIER

83 — Lot composé de seize brillants.

Poids : 55 carats 7/32.

84 — Lot formé de quatre brillants jaunes.

Poids : 10 1/4 1/16.

85 — Lot de petits brillants.

Poids : 2 1/4 1/8.

86 — Lot de roses.

Poids : 2 1/16 1/32.

87 — Trois perles.

Poids : 16 gr. 1/2.

88 — Perle grise.

Poids : 17 grains 1/2.

89 — Lot composé de cinq perles roses.

Poids : 48 gr.

90 — Rubis d'Orient.

Poids : 1 1/2 1/8.

91 — Lot de sept rubis de Siam.

Poids : 15 1/16.

92 — Lot composé de turquoises, perles de rivière, rubis, demi-perles, grenats, opales, œils de chat, lapis.

93 — Sous ce numéro seront vendus : un lot d'agates ;
un lot lapis lazuli ; un lot d'onyx.

94 — Service d'argenterie, composé de : vingt-quatre
couverts de table ; dix-huit couverts à dessert ; douze
cuillers à café ; couvert à ragoût ; cuiller à sucre ;
pince à sucre ; service à découper manche ébène ;
service hors d'œuvre manche ébène ; couteau à fro-
mage, manche ébène ; pelle à glace, manche ébène ;
dix-huit couteaux de table, manches ébène, lames
acier ; dix-huit couteaux à dessert, manches ébène,
lames acier ; dix-huit couteaux à dessert, manches
ébène, lames argent. Dans un coffre en chêne.